VIETATO AGLI ELEFANTI

Testi di

LISA MANTCHEV

Illustrazioni di

TAEEUN YOO

GIUNTI

Per mia nonna Harriet, la prima artista che ho conosciuto
L. M.

A Boreum, con amore
T. Y.

Titolo originale: Strictly No Elephants

Testo: © 2015 by Lisa Mantchev
Illustrazioni: © 2015 by Taeeun Yoo

Pubblicato in accordo con SIMON & SCHUSTER BOOKS FOR YOUNG READERS
un marchio di Simon & Schuster Children's Publishing Division
1230 Avenue of the Americas, New York, New York 10020

Per l'edizione italiana: © Giunti Editore S.p.A.
Via Bolognese, 165 - 50139 Firenze - Italia
Via G. B. Pirelli, 30 - 20124 Milano - Italia

Traduzione: Elisa Fratton

Prima edizione: gennaio 2017
Decima ristampa: agosto 2024

www.giunti.it

MISTO
Carta | A sostegno della
gestione forestale responsabile
FSC® C144853

Made in China

Il problema di avere un elefantino come animale domestico è che stare con gli

altri non è per niente facile.

Nessuno ha un elefante.

Ogni giorno porto il mio elefante a fare una passeggiata.

È un cucciolo molto premuroso.

Ma ha paura delle fessure nel marciapiede.

Allora torno indietro ad aiutarlo.

È ciò che fa un amico: ti solleva quando sei in difficoltà.

Oggi porterò il mio elefantino

al Club degli Amici Animali.

Ci andranno tutti.

- Dai, vieni. Quel tipo sembra simpatico.

Ho dovuto trasportarlo fino all'ingresso. - Andrà tutto bene, vedrai.

Ma quando ho alzato

gli occhi, ho visto

il cartello sulla porta.

Il mio elefantino mi ha portato via, lungo il marciapiede, senza far caso alle fessure.

È ciò che fa un amico: supera

le sue paure per venire in tuo aiuto.

- Hai provato anche tu ad andare al Club degli Amici Animali? - mi ha

chiesto una bambina.

- Sì - ho risposto. - Ma gli elefanti non possono entrare.

- Il cartello non vietava l'ingresso alle puzzole,

ma nessuno ha voluto giocare con noi - ha detto.

- Non capiscono niente! - ho esclamato.

- Annusa, non puzza mica! - ha aggiunto lei.

- È vero, non puzza - ho confermato. - Perché non fondiamo un club tutto nostro?

- Andiamo - ho detto, assicurandomi che il mio

elefantino mi seguisse.

È ciò che fa un amico:

non si dimentica mai di te.

- Possiamo giocare là! - ha detto uno dei
nostri nuovi amici.

- Tutti insieme.

Così abbiamo sistemato

il nostro cartello.

~~VIETATO AGLI~~
~~ESTRANEI E AI~~
~~GUASTAFESTE~~
TUTTI SONO I
BENVENUTI

Il mio elefantino vi dirà come

trovarci, se vorrete venire.

Vi accoglieremo a braccia aperte.

Perché è ciò che fanno gli amici.